D0983450

DISCARD

MIS PRIMEROS LIBROS®

DULCES SUEÑOS

por Bárbara J. Neasi

ilustrado por Clovis Martin

versión en español de Aída E. Marcuse

Preparado y dirigido por el Dr. Robert Hillerich

 CHILDRENS PRESS®

CHICAGO

Dedicado a mi hija Brycie

Catalogado en la Biblioteca del Congresso bajo:

Neasi, Bárbara J.
 Dulces sueños
 [Mis primeros libros]
 Resumen: Por medio de un texto rimado y con
ilustraciones, un niño describe los distintos tipos de sueños
que se pueden soñar.
 [1. Cuentos en rima. 2. Sueños—Ficción.] I.
Martin, Clovis,ilustr. II. Título. III. Serie.
PZ8.3.N32Sw   1987   [E]   87-15083
ISBN 0-516-32084-X

Childrens Press, Chicago.
Registrado por: Regensteiner Publishing Enterprises, Inc., 1987, 1991
Todos los derechos reservados.
Publicado simultáneamente en Canadá.
Impreso en los Estados Unidos de América.
1 2 3 4 5 6 7 8 9 10 R 00 99 98 97 96 95 94 93 92 91

Hay sueños muy tontos.

Hay sueños que asustan.

Hay sueños felices.

Hay sueños tan tristes.

Hay sueños que hacen llorar.

Hay sueños que me hacen reir.

13

14

Si sueño que soy un pollito

perseguido por un zorro,

18

plumas que no necesito
sólo atrapa mientras corro.

En sueños nado en el mar

rodeada por muchos peces

con los que voy a saborear
un buen té que ellos me ofrecen.

Un monstruo mi sueño encuentra

que se esconde tras la puerta,

nunca sé por donde entra,
mas si ruge, me despierta.

Papá dice que los sueños
se inventan, como los cuentos.

Hay en mi cabeza cientos
que esperan cuando me acuesto.

LISTA DE PALABRAS

a	encuentra	muy	se
acuesto	entra	nado	sé
asustan	esconde	necesito	si
atrapa	esperan	no	sólo
buen	felices	nunca	soy
cabeza	hacen	ofrecen	sueño
cientos	hay	papá	sueños
como	inventan	peces	tan
con	la	perseguido	té
corro	los	plumas	tontos
cuando	llorar	pollito	tras
cuentos	mar	por	tristes
despierta	mas	puerta	un
dice	me	que	voy
donde	mi	reir	zorro
el	mientras	rodeada	
ellos	monstruo	ruge	
en	muchos	saborear	

Acerca de la autora:

Bárbara J. Neasi vive con su esposo, dos hijas mellizas, dos gatos y un perro. Actualmente está desarrollando un programa para un centro local de salud mental, destinado a satisfacer las necesidades de higiene mental de los ancianos. Le gusta mucho escribir cuentos que contengan una pizca de humor y que ayuden a los niños a comprender la vida.

Acerca del ilustrador:

Clovis Martin ha ejercido carreras tan diversas como la de director artístico, diseñador e ilustrador de libros de lectura y otros materiales educativos para niños. Es un graduado del Instituto de Arte de Cleveland y vive con su mujer, hija e hijo en Cleveland Heights, Ohio.